52 MODI PER... FARE DELLA FELICITÀ UN'ABITUDINE

LE SCHEDE

52 MODI PER...
FARE DELLA FELICITÀ
UN'ABITUDINE

Introduzione

Da che mondo è mondo, dai tempi più antichi a oggi, l'uomo cerca il segreto della felicità… Vuoi essere felice?

52 modi per… fare della felicità un'abitudine *ti mette a disposizione 52 tecniche di psicologia positiva capaci di farti avere un maggior controllo su te stesso, di farti raggiungere i risultati che ti prefiggi, di farti letteralmente "vivere meglio"!*

La Psicologia Positiva si occupa del benessere soggettivo dell'individuo, aiutandolo a realizzare le sue potenzialità e sviluppando al massimo le sue risorse.

52 MODI PER... FARE DELLA FELICITÀ UN'ABITUDINE

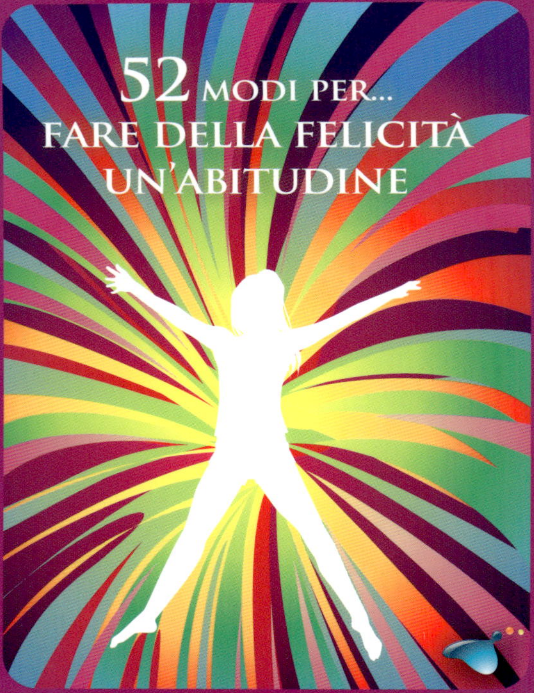

STRATEGIE DIVERSE...

Esistono più modi di affrontare un problema. Avere a disposizione diverse strategie dà automaticamente maggiori possibilità di trovare la tecnica ideale per affrontarlo e risolverlo, appunto.

Leggi le tue carte attentamente, seleziona le strategie che preferisci e tieni quelle carte sempre a portata di mano per poterle leggere frequentemente, al bisogno…

52 MODI PER... FARE DELLA FELICITÀ UN'ABITUDINE

RIFLESSIONI, ATTIVITÀ E APPUNTI SCRITTI DA TE…

52 modi per… fare della felicità un'abitudine *ti offre 52 tecniche e strategie, ma non soltanto: il mazzo contiene anche 10 carte bianche sulle quali puoi scrivere riflessioni, attività, appunti e promemoria personali per guidare la tua vita in modo sicuro, sereno e felice.*

Individuare strategie di risoluzione dei problemi soltanto tue, infatti, non può che essere una cosa utile per controllare ancora meglio la situazione problematizzante…

52 MODI PER...
FARE DELLA FELICITÀ UN'ABITUDINE

CONTROLLA LE TUE REAZIONI!

Quando diamo troppa importanza a eventi che sono fuori dal nostro controllo spesso ci sentiamo infelici. Non puoi controllare gli eventi che succedono intorno a te, però puoi controllare il tuo modo di reagire a essi. Focalizza la tua attenzione su quello che tu puoi cambiare! Adottando questo approccio vedrai che gli esiti saranno quelli desiderati.

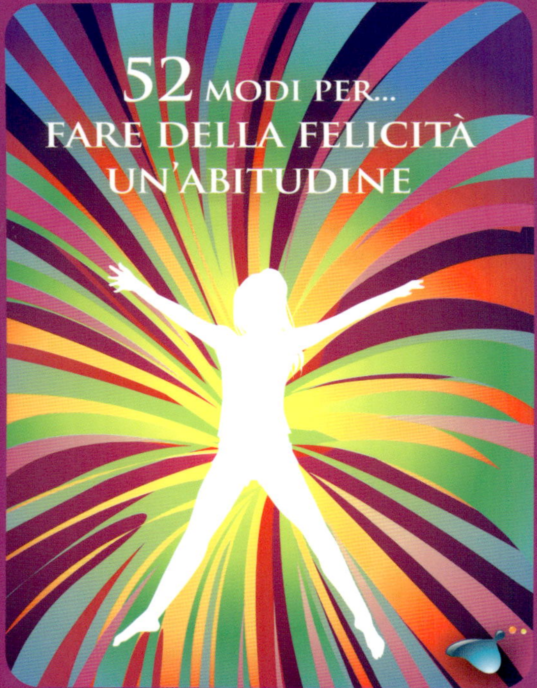
52 MODI PER...
FARE DELLA FELICITÀ
UN'ABITUDINE

IMMAGINA E... CREDI!

Il cervello non distingue tra gli eventi reali e quelli immaginati. Chiudi gli occhi e immagina te stesso che vivi una vita felice e realizzata. Rendi le immagini vivide, i suoni chiari e incisivi, e le sensazioni positive nel modo più intenso possibile. Il momento ideale per farlo è poco prima di andare a letto.

52 MODI PER...
FARE DELLA FELICITÀ
UN'ABITUDINE

FAI MOVIMENTO

È provato che l'attività fisica migliora decisamente l'umore. Rilascia infatti in modo naturale ormoni della felicità, chiamati *endorfine,* in tutto il corpo. L'attività fisica incoraggia anche a mangiare in modo più sano, e a farti sentire meglio nel tuo corpo. Ritagliati del tempo per fare attività fisica e migliorerai il tuo benessere!

52 MODI PER... FARE DELLA FELICITÀ UN'ABITUDINE

AGGIUNGI VALORE!

Dare un contributo alla vita degli altri migliorerà il tuo senso di benessere e di felicità.

Fare volontariato nella tua comunità, per esempio, è un modo efficace di costruire un pezzetto di altrui felicità e riuscire a far felici qualcuno... dà felicità! Trova modi per contribuire alla vita degli altri, e arricchirai anche la tua vita!

52 MODI PER... FARE DELLA FELICITÀ UN'ABITUDINE

COSTRUISCI SU FONDAMENTA FORTI

I nostri valori personali dovrebbero guidare il nostro comportamento. Tra questi valori potremmo includere: sostegno alla propria famiglia, onestà, lealtà, creatività, e sicuramente tanti altri... Fai una lista di ciò che è importante per te nella vita e verifica che le tue azioni riflettano quei valori. Più il tuo comportamento rifletterà i tuoi valori, più ti sentirai felice!

52 MODI PER... FARE DELLA FELICITÀ UN'ABITUDINE

TIMEOUT!

L'epoca frenetica in cui viviamo, le nostre vite febbrili e i tanti problemi quotidiani spesso ci lasciano poco tempo per noi stessi. Prendi l'abitudine di concederti 5 minuti al giorno per calmare la mente, per fermarti. Ciò creerà un senso di pace e ti ricorderà che sei tu a controllare i tuoi stati d'animo e non sono gli stati d'animo che controllano te!

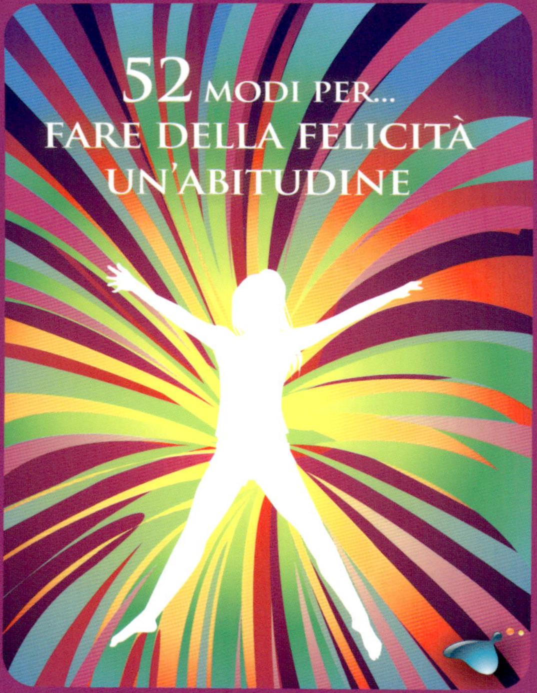
52 MODI PER...
FARE DELLA FELICITÀ
UN'ABITUDINE

SCEGLI UNA DIREZIONE

Avere degli obiettivi imprime uno scopo e una direzione alla nostra vita. Anche se non è consigliabile mettere sullo stesso piano la felicità e il successo, avere desideri e ambizioni è positivo. Stabilisci degli obiettivi mensili, settimanali e giornalieri per ottimizzare il tuo comportamento. Ma prima assicurati che siano sempre in linea con i tuoi valori personali!

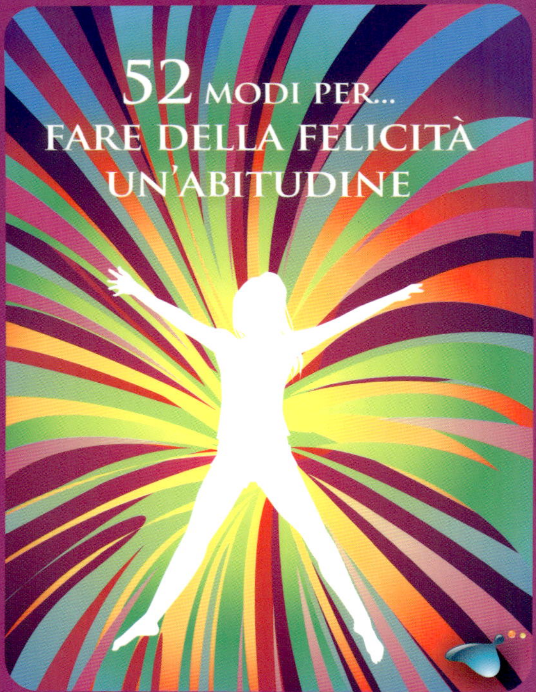
52 MODI PER...
FARE DELLA FELICITÀ
UN'ABITUDINE

LA TUA SECONDA NATURA...

La felicità è come un'abilità che richiede pratica per funzionare senza sforzo! Disciplinare e allenare la mente è l'unico modo per fare della felicità un'abitudine per farne la tua seconda natura! Diventa consapevole dei tuoi pensieri, e ogni volta che ti sorprendi a pensare in modo negativo, rompi il ciclo focalizzando immediatamente l'attenzione su ciò che è positivo. Scegli un singolo pensiero positivo che sia efficace, e ritornaci quando sei distratto dai pensieri negativi!

52 MODI PER...
FARE DELLA FELICITÀ
UN'ABITUDINE

CONTA IL VIAGGIO, NON LA DESTINAZIONE!

È il viaggio, non la destinazione che conta nella vita. Si può lavorare tutta una vita per raggiungere i nostri obiettivi consumando il 99% del nostro tempo.
Cerca di apprezzare il fatto di creare la vita che vuoi senza focalizzarti esclusivamente sul risultato desiderato: vivi la vita stessa e avrai una vita appagante...

52 MODI PER... FARE DELLA FELICITÀ UN'ABITUDINE

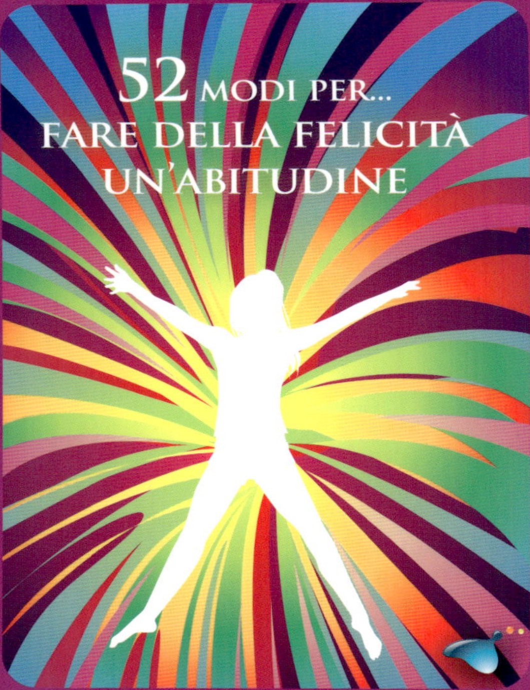

UN MODELLO NATURALE

Gli esseri umani sono animali sociali e imparano attraverso l'osservazione degli altri. Trova amici, familiari o colleghi che si sentano felici e soddisfatti della loro vita. Osserva come reagiscono davanti a eventi negativi, e come organizzano il loro tempo. Adotta un comportamento simile per promuovere la tua felicità!

52 MODI PER... FARE DELLA FELICITÀ UN'ABITUDINE

LA LISTA DI PICCOLI DOVERI

Scrivi una lista di piccoli doveri che ti renderanno felice giorno per giorno. Svolgili uno per volta, cancellandoli a mano a mano. Completare dei doveri, piccoli o grandi che siano, accrescerà la tua autostima e creerà una sensazione di crescita e di benessere psicologico!

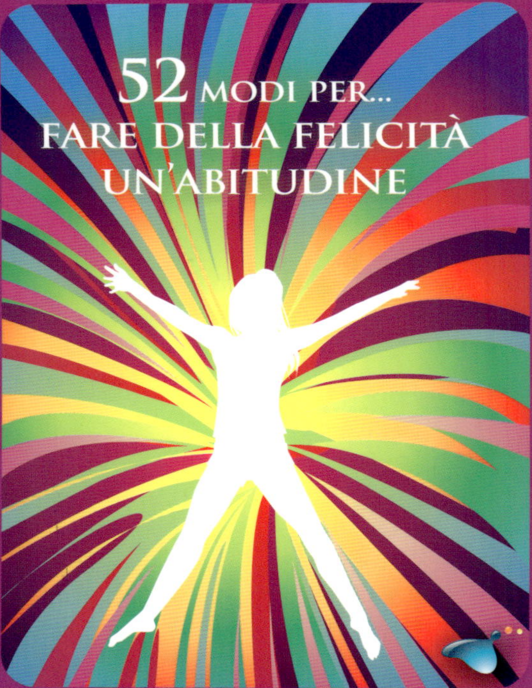
52 MODI PER...
FARE DELLA FELICITÀ
UN'ABITUDINE

LA SVEGLIA AMBIENTALE

Il nostro spazio vitale è pieno di promemoria positivi e negativi che influenzano il nostro comportamento. Trova i tuoi promemoria positivi per aiutarti a mantenere un pensiero positivo! Per esempio, scrivi su un pezzo di carta: "Quando mi sveglio la mattina inizio la giornata con energia ed entusiasmo". Questa sveglia ambientale ti farà iniziare il giorno in modo positivo. Crea quanti più stimoli possibili per arrivare a fare del pensiero positivo il tuo stile di vita.

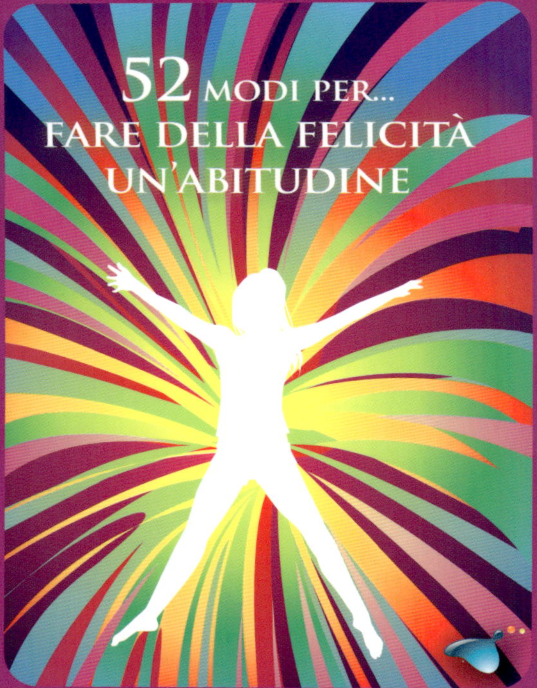
52 MODI PER...
FARE DELLA FELICITÀ
UN'ABITUDINE

ERRORI... POSITIVI!

La paura di fallire è spesso causa di infelicità. Guarda agli errori come a una parte importante del tuo sviluppo e della tua crescita in quanto individuo. Più errori commetterai, e più li osserverai e li interpreterai, più sarai vicino a trovare la soluzione alla felicità!

52 MODI PER... FARE DELLA FELICITÀ UN'ABITUDINE

LASCIATI ANDARE!

Spesso l'infelicità arriva quando ci prendiamo troppo sul serio. Preoccuparci del nostro aspetto o pensare di essere impacciati può limitare la nostra felicità. Non puoi controllare ciò che gli altri pensano, perciò impara a condurre una vita che sia conforme *ai tuoi valori*, senza inibizioni o tentennamenti, e la felicità arriverà!

52 MODI PER...
FARE DELLA FELICITÀ
UN'ABITUDINE

CARO DIARIO...

Tenere appunti e promemoria dei nostri stati d'animo è un modo utile per imparare a capire che cosa ci rende felici! Dai un punteggio ai tuoi sentimenti da 1 a 10 e scrivi le cose che ti sono piaciute e che non ti sono piaciute durante la giornata. Con il tempo riuscirai a identificare e a replicare i comportamenti positivi.

52 MODI PER...
FARE DELLA FELICITÀ
UN'ABITUDINE

L'ESPLORAZIONE DELLE POSSIBILITÀ

La vita dovrebbe essere l'esplorazione di ciò che è possibile. Ricercando la varietà e il cambiamento e sperimentandoli, la mappa del tuo mondo si amplierà.
È attraverso questo processo di continua innovazione che puoi imparare di più su te stesso ed essere meglio equipaggiato per catturare la felicità, la tua felicità!

52 MODI PER...
FARE DELLA FELICITÀ
UN'ABITUDINE

FAI UN RESPIRO PROFONDO...

Un respiro profondo è un modo utile per permetterti di raggiungere uno stato di calma e felicità. Mettiti comodamente seduto o in piedi, posa la mano sullo stomaco e inspira profondamente attraverso il naso. Poi espira attraverso la bocca, premendo appena sullo stomaco per svuotare i polmoni. Funziona!

52 MODI PER... FARE DELLA FELICITÀ UN'ABITUDINE

PARLA PIÙ FORTE!

Come ci sentiamo è spesso l'effetto collaterale delle voci che generiamo nelle nostre menti. Sfrutta il linguaggio interno positivo e nutri te stesso di suggestioni incoraggianti. Per esempio, prova a dire a voce alta o a te stesso: "Mi sento bene, e sto vivendo ogni momento al massimo". Purché tu lo dica con convinzione, qualunque frase tu inventi avrà un effetto positivo!

52 MODI PER... FARE DELLA FELICITÀ UN'ABITUDINE

LA MIGLIORE MEDICINA

Imparare a ridere è un metodo sicuro per dare una sferzata al tuo senso di benessere! Guardare e ascoltare commedie, trascorrere volutamente più tempo con le persone che ti fanno ridere, ti aiuterà a raggiungere uno stato di benessere mentale.

52 MODI PER...
FARE DELLA FELICITÀ
UN'ABITUDINE

INSOLITAMENTE FELICI!

Essere infelici può diventare un'abitudine al punto che la sensazione di felicità viene percepita come qualcosa di estraneo e insolito. Se questo è il tuo caso, comincia a vedere l'infelicità come l'opposto del tuo stato normale, quello giusto! Ciò ti incoraggerà a costruire la disciplina per reagire ai sentimenti negativi e mantenere uno stato d'animo felice.

52 MODI PER...
FARE DELLA FELICITÀ
UN'ABITUDINE

IL PIT STOP POSITIVO

È facile perdere di vista gli obiettivi che abbiamo raggiunto nella nostra vita personale e professionale. Fai una lista di alcuni dei tuoi successi, indipendentemente da quanto tu pensi che siano piccoli o grandi. Ricordare i tuoi successi passati ti aiuterà a mantenere la tua autostima e la tua felicità!

52 MODI PER... FARE DELLA FELICITÀ UN'ABITUDINE

LA FELICITÀ È CONTAGIOSA!

Le emozioni sono contagiose e si spargono come virus! Alcune ricerche hanno mostrato che trascorrere lunghi periodi di tempo con individui negativi può influenzare e plasmare i nostri stati d'animo.
Circondati di persone positive e il loro comportamento ti aiuterà a restare felice!

52 MODI PER... FARE DELLA FELICITÀ UN'ABITUDINE

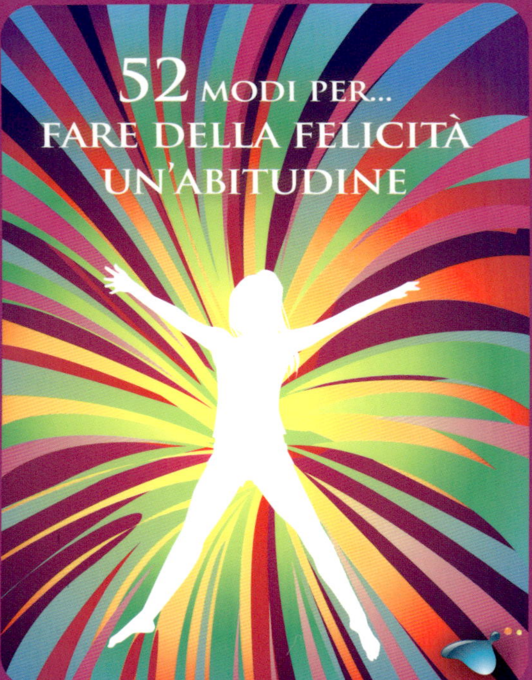

TERAPIA VERDE

Da alcune ricerche si è scoperto che trascorrere del tempo all'aria aperta migliora l'umore oltre che il benessere fisico! Sfrutta ogni occasione per stare a contatto con la natura. Fare lunghe passeggiate nel verde favorirà la tua felicità e ti aiuterà a pensare con maggior chiarezza!

52 MODI PER...
FARE DELLA FELICITÀ
UN'ABITUDINE

IMPARA DAL PASSATO

Se hai sperimentato eventi negativi nel passato, è facile che indugi troppo a lungo su di essi senza un motivo reale. Cerca invece di imparare da ciò che ti è accaduto. Esamina i momenti in cui sei stato infelice e rifletti sulle cause della tua infelicità! Capire più a fondo che cosa influenza il tuo umore ti aiuterà a evitare situazioni simili in futuro!

52 MODI PER...
FARE DELLA FELICITÀ UN'ABITUDINE

GUARDATI DA LONTANO...

Spesso, durante i periodi di profonda tristezza, è difficile pensare con chiarezza. La prossima volta che ti senti infelice, chiudi gli occhi, immagina di lasciarti trasportare fuori da te e... osservati da lontano! Ciò ti darà un'idea della situazione, ti aiuterà a considerare le tue emozioni in modo obiettivo e impedirà alle emozioni negative di avere il sopravvento.

52 MODI PER... FARE DELLA FELICITÀ UN'ABITUDINE

IL PERDONO

Quando commettiamo degli errori o qualcuno ci ferisce, è facile cadere in una spirale di infelicità. Quando le cose vanno male è importante abituarci a perdonare noi stessi. Ogni volta che fai un errore, o qualcuno ti offende, di' a te stesso con amore: "Ti perdono", "Avrai altre occasioni!", "Ricomincia daccapo senza timore!".

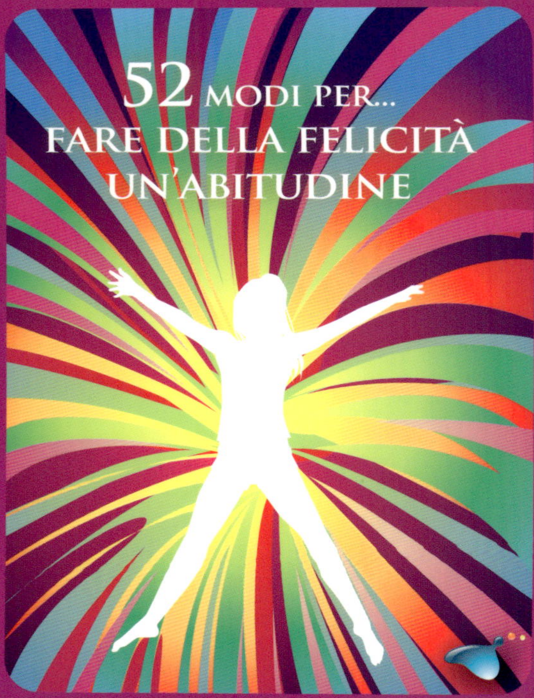
52 MODI PER...
FARE DELLA FELICITÀ
UN'ABITUDINE

GUARDA OLTRE

Quando viviamo una situazione di stress e malessere è spesso difficile vedere al di là di un orizzonte di tristezza.
Riconosci che tutte le sensazioni sono transitorie e passeranno! Accetta il negativo e lotta: riuscirai a superare questo periodo più velocemente!

52 MODI PER...
FARE DELLA FELICITÀ UN'ABITUDINE

SORRIDI!

Sorridere è un modo efficace per trasmettere a te e a quelli intorno a te emozioni positive. Rilascia naturalmente endorfine nel tuo corpo e contagia anche quelli che ti stanno intorno. Durante le conversazioni giornaliere, esercitati a sorridere il più spesso possibile fino a farlo diventare un'abitudine. Anche un sorriso indotto può dare una spinta al tuo benessere emotivo!

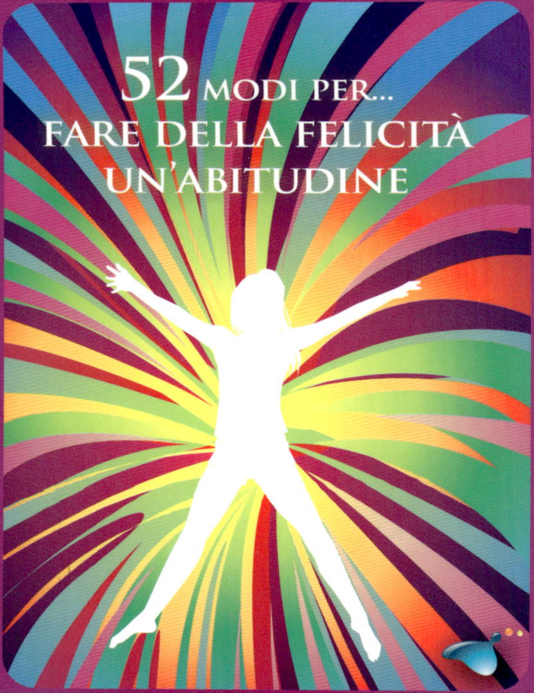
52 MODI PER...
FARE DELLA FELICITÀ
UN'ABITUDINE

ESERCITA LA CREATIVITÀ

Esercitare la tua creatività contribuirà a farti vivere una vita felice e appagata. Instilla la creatività nella tua vita personale e professionale. Per esempio, al lavoro puoi organizzare delle sedute di brain storming per trovare nuovi modi di migliorare l'organizzazione, e nel tempo libero puoi decidere di dedicarti a un hobby creativo come la musica, la pittura o lo sport.

52 MODI PER... FARE DELLA FELICITÀ UN'ABITUDINE

IL LINGUAGGIO DEL CORPO

Come ci sentiamo giorno per giorno dipende anche dalla nostra postura. Incoraggia il pensiero positivo mantenendo una postura positiva. Tieni alta la testa, rilassa i muscoli, raddrizza la schiena e assicurati qualche respiro ampio e profondo per tutto il giorno!

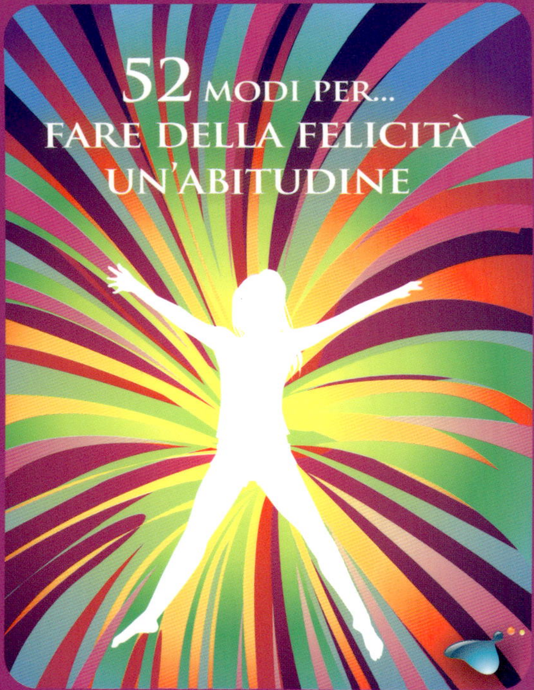
52 MODI PER...
FARE DELLA FELICITÀ
UN'ABITUDINE

EMPATIA CON CHI SOFFRE

Ci sono milioni di persone al mondo meno fortunate di noi. In casi estremi, soprattutto in nazioni in via di sviluppo e zone di guerra, vi è molta sofferenza. Prova empatia per gli altri e sii di aiuto quando è possibile. Ciò ti aiuterà a vivere la vita in modo meno egoistico e creerà dentro di te una soddisfazione di lunga durata.

52 MODI PER...
FARE DELLA FELICITÀ
UN'ABITUDINE

SUPERSIMBOLI

Rammentare a te stesso le cose che ami di più nella vita è un modo sicuro di essere felice. Circondati di citazioni che ti ispirino, foto di persone care e certificati di merito per rammentarti delle tue passioni. Trova loro una collocazione usando la tua creatività. Prendi in considerazione l'idea di mettere le foto nel telefonino e nel computer e di tenere accanto al letto oggetti affettivi.

L'ideale sarebbe mettere queste cose nei posti dove trascorri la maggior parte del tuo tempo.

52 MODI PER...
FARE DELLA FELICITÀ
UN'ABITUDINE

LA GRATITUDINE

Ringraziare per quello che abbiamo è un processo importante nella ricerca della felicità. Se sarai grato per quello che hai, allenerai la mente a focalizzarsi su pensieri positivi a prescindere da quanto tu possa avere, che sia tanto o poco. Ogni giorno ringrazia per tutte le azioni e le attività quotidiane che intraprendi, e la tua vita diventerà più ricca!

52 MODI PER...
FARE DELLA FELICITÀ UN'ABITUDINE

L'ISTINTO

Quando prendiamo decisioni importanti spesso facciamo una scelta istintiva. Si pensa che l'istinto sia un'estensione del nostro inconscio che riesce a valutare e a capire in fretta le situazioni. Impara a dare più spesso ascolto al tuo istinto e prenderai decisioni in linea con il tuo vero io!

52 MODI PER...
FARE DELLA FELICITÀ
UN'ABITUDINE

SPOSTA I LIMITI!

Crescita e sviluppo personale spesso dipendono da quanto spesso “osiamo” spingerci fuori dalla quotidianità. Sposta i limiti nella tua vita personale e professionale e sfida te stesso! Datti l’obiettivo di fare ogni giorno una cosa diversa per continuare ad ampliare i tuoi limiti. Ciò ti darà più libertà e renderà più facile raggiungere l’obiettivo della felicità.

52 MODI PER...
FARE DELLA FELICITÀ
UN'ABITUDINE

SENZA PAURA

Vivere la vita in modo avventuroso e senza la paura di fallire fa bene. Comincia a usare l'immaginazione per vagliare tutte le possibilità che la vita ha da offrire facendoti domande del tipo: "Che cosa farei se sapessi di non fallire?" e "Chi sono quando sono al meglio?". Tutte le grandi azioni partono dalla mente!

52 MODI PER...
FARE DELLA FELICITÀ
UN'ABITUDINE

PRENDI IL CONTROLLO!

Le persone felici sono di solito individui con un approccio attivo alla vita. Invece di reagire alla vita, loro impongono la propria volontà negli eventi e si creano un'esistenza gratificante. Nella tua vita personale e professionale, prendi l'iniziativa di creare il più spesso possibile una vita che sia piena di ciò che vuoi!

52 MODI PER... FARE DELLA FELICITÀ UN'ABITUDINE

IL LINGUAGGIO POSITIVO

Il modo in cui comunichi con gli altri può avere un impatto sul tuo benessere quotidiano. Prendi l'abitudine di usare un linguaggio positivo che eviti di focalizzarsi sugli eventi negativi. Per esempio, se ti preoccupa il denaro, focalizza la tua discussione su "fare più soldi" e non su "uscire dai debiti". Se ti concentri sulla seconda frase ti attirerai addosso altri debiti!

52 MODI PER... FARE DELLA FELICITÀ UN'ABITUDINE

UN PO' DI ZEN...

La scuola Zen di Buddismo sostiene che bisogna essere attenti e consapevoli della nostra presenza fisica. Per seguire questa filosofia dovrai trattare alcune delle tue incombenze quotidiane come lavarti, mangiare e bere come se fossero le azioni più importanti in quel particolare momento. Il cervello si allenerà, così, ad apprezzare e a trarre soddisfazione dalle azioni semplici!

52 MODI PER...
FARE DELLA FELICITÀ
UN'ABITUDINE

SVEGLIATI PRESTO!

Svegliandoti presto ogni giorno la tua felicità ne beneficerà per varie ragioni. Creerà un senso di orgoglio, ti incoraggerà a iniziare la giornata senza saltare la colazione, e ti darà più tempo da dedicare a te stesso.

Prendi l'abitudine di svegliarti presto e la tua felicità aumenterà!

52 MODI PER...
FARE DELLA FELICITÀ
UN'ABITUDINE

EVITA I PARAGONI

L'infelicità può nascere quando si fanno inutili paragoni con gli altri. Quando ci sentiamo sminuiti se paragonati agli altri è perché proviamo un senso di inferiorità e una perdita di autostima. Focalizzati soltanto sui tuoi successi personali per acquistare più controllo sulla tua felicità!

52 MODI PER... FARE DELLA FELICITÀ UN'ABITUDINE

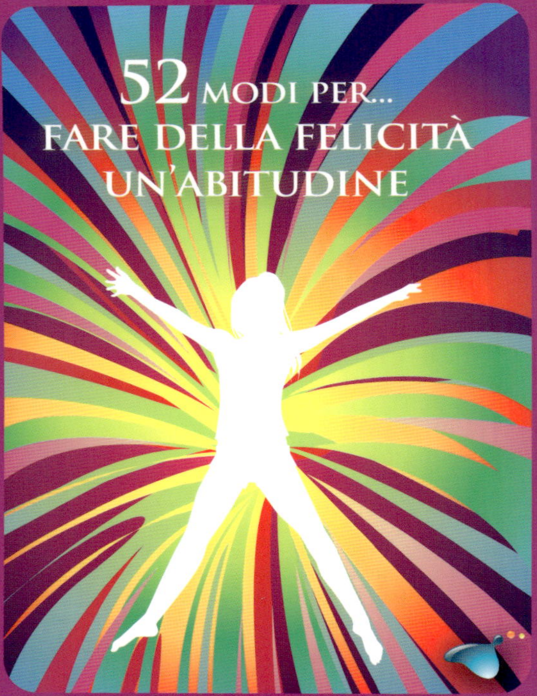

LA SEMPLICITÀ È LA CHIAVE DI TUTTO

Condurre una vita semplice è consigliabile per raggiungere la felicità. Cerca di eliminare tutto il superfluo dalla tua vita e circondati soltanto di quelle cose che sostengono il tuo benessere e il tuo interesse. Ciò ti aiuterà a diventare più autosufficiente e più consapevole che la felicità è una scelta e non dipende da ciò che possiedi!

52 MODI PER...
FARE DELLA FELICITÀ
UN'ABITUDINE

SCONFIGGI LA NOIA!

Quando ci sentiamo stanchi e privi di ispirazione, apriamo la strada ai pensieri negativi. Tieni la mente aperta alle attività che contribuiscono al tuo benessere per evitare di sentirti scontento e inquieto! Quando sei annoiato, prova a riflettere sugli eventi del passato e sui ricordi positivi per non lasciarti portare su una strada negativa.

52 MODI PER...
FARE DELLA FELICITÀ
UN'ABITUDINE

ORGANIZZATI!

Il modo in cui organizzi il tuo tempo ha un grande impatto sulla tua felicità. Uno dei fattori che contribuiscono all'infelicità è il procrastinare i piccoli impegni che vanno completati durante la settimana. Obbedisci alla regola dei 5 minuti, secondo la quale se l'impegno richiede meno di 5 minuti, devi farlo immediatamente! Il tuo spazio mentale sarà, così, libero, tu proverai un senso di soddisfazione e potrai focalizzarti su obiettivi più gratificanti.

52 MODI PER...
FARE DELLA FELICITÀ
UN'ABITUDINE

PASSATEMPI DIVERTENTI

Pianificare in anticipo e programmare passatempi divertenti ti incoraggerà a trovare il tempo per essere felice. C'è un enorme divario fra ciò che diciamo che faremo e ciò che facciamo realmente, perciò, pianificando in anticipo attività gratificanti accrescerai la possibilità di mettere in pratica le tue buone intenzioni!

52 MODI PER... FARE DELLA FELICITÀ UN'ABITUDINE

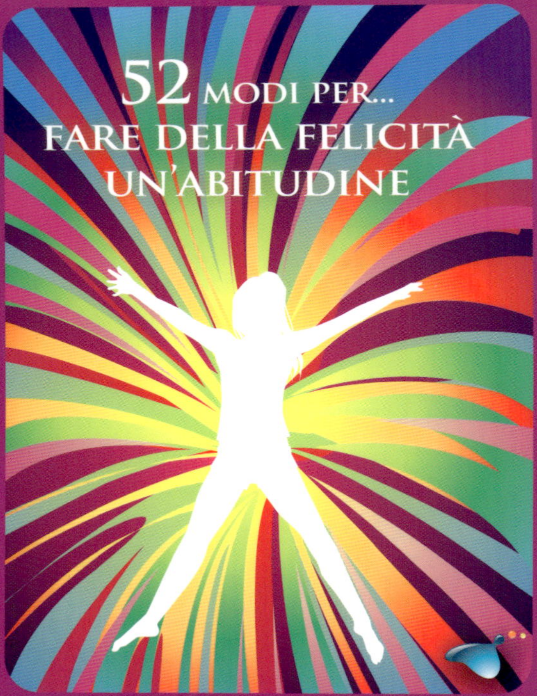

LOTTA PER UNA CAUSA

Lottare per ciò in cui crediamo ha un impatto positivo sulla felicità. Sostieni una causa che sia più grande di te. Prendi in considerazione le questioni ambientali, la politica locale o i diritti umani.
Ciò instillerà un significato più profondo nella tua vita e ti aiuterà a non concentrarti troppo su te stesso, creando in cambio un senso di libertà!

52 MODI PER...
FARE DELLA FELICITÀ
UN'ABITUDINE

SOFFERENZA POSITIVA

Molte persone hanno sperimentato una sofferenza lunga e prolungata nella vita. Dopo un periodo negativo, la gente spesso rimane stupita da come un'esperienza del genere abbia contribuito al proprio benessere e al proprio sviluppo personale. Una vicenda dolorosa può mettere ciò che è importante nella vita nella giusta prospettiva e incoraggiarti a vivere con meno inibizioni. Accetta il fatto che tutte le esperienze, anche quelle negative, possono aiutarti nella tua ricerca della felicità!

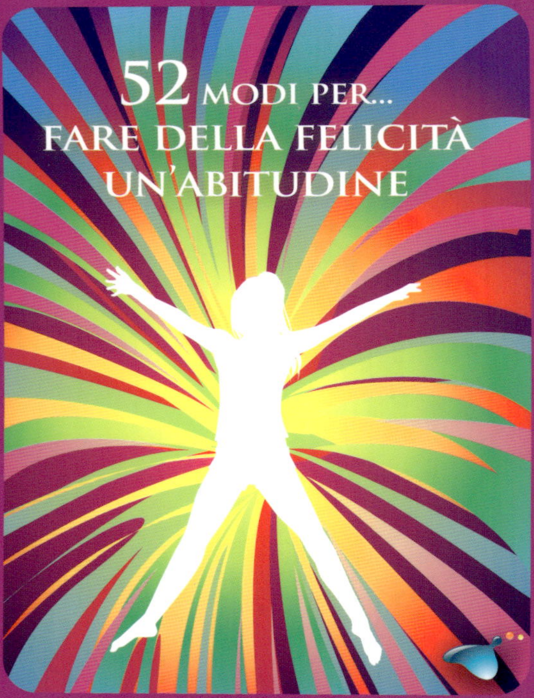
52 MODI PER...
FARE DELLA FELICITÀ
UN'ABITUDINE

AGISCI!

L'indecisione può creare infelicità. In un mondo pieno di possibilità, è fin troppo facile lasciarsi sfuggire delle opportunità senza agire. La paura di fallire può anche limitare il nostro desiderio di cogliere l'attimo. Come ha detto un ex presidente degli Stati Uniti, Theodore Roosevelt: "In un momento in cui devi prendere una decisione, la cosa migliore che puoi fare è fare la cosa giusta. La cosa peggiore è non fare niente...".

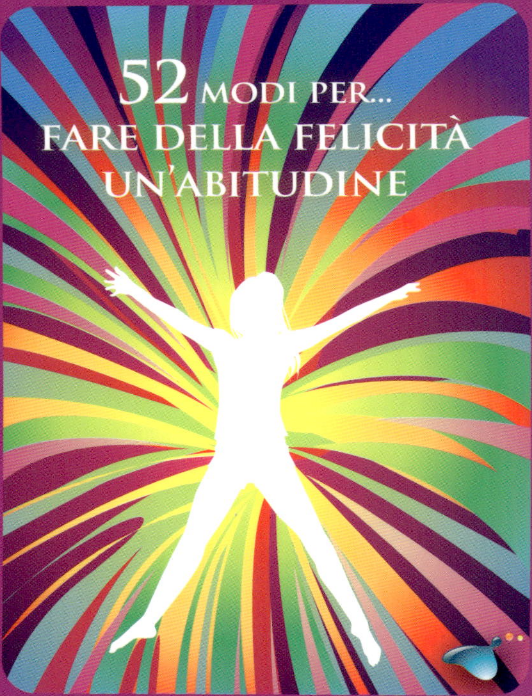
52 MODI PER...
FARE DELLA FELICITÀ
UN'ABITUDINE

W IL SOLE!

La tristezza è spesso associata alla mancanza di luce solare. Nelle regioni geografiche come la Groenlandia, le brusche variazioni di luce solare sono state associate a un aumento di suicidi. Prendi la tua dose giornaliera di Sole il più spesso possibile e il tuo umore ne beneficerà!

52 MODI PER...
FARE DELLA FELICITÀ
UN'ABITUDINE

SONO FELICE!

È facile cadere nella trappola e pensare: "Quando otterrò ciò che voglio sarò felice!". La casa perfetta, il compagno perfetto e il lavoro dei tuoi sogni sono obiettivi ideali a cui tutti aspiriamo. Non c'è niente di male a desiderare queste cose ma è importante scegliere di essere felici a dispetto di ciò che si ha. Altrimenti continuerai a rincorrere i tuoi desideri e non sarai mai felice!

52 MODI PER...
FARE DELLA FELICITÀ UN'ABITUDINE

LIETO FINE

Il cervello conserva in ordine di priorità le informazioni che riceve ed è più propenso a ricordare quelle che gli sono state presentate per prime e per ultime. Prendi l'abitudine di iniziare e terminare i tuoi impegni giornalieri con una nota positiva. Alla sera, quando rifletterai sugli eventi della giornata, i tuoi ricordi saranno più felici!

52 MODI PER... FARE DELLA FELICITÀ UN'ABITUDINE

I tuoi appunti, riflessioni, attività...

52 MODI PER... FARE DELLA FELICITÀ UN'ABITUDINE

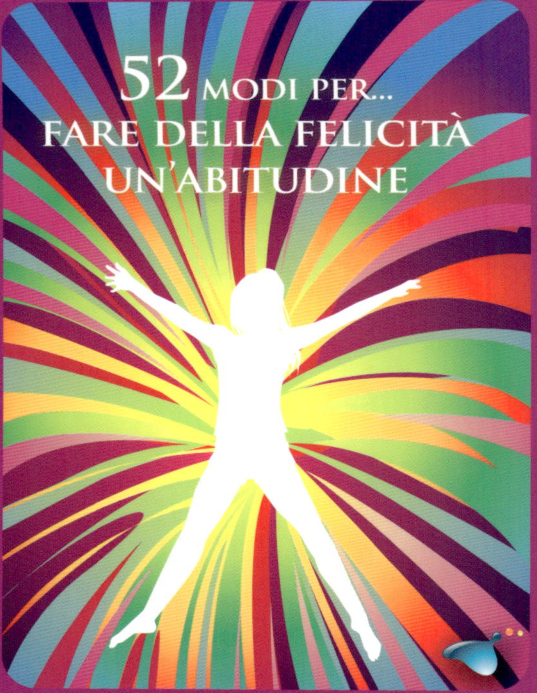

I tuoi appunti, riflessioni, attività...

52 MODI PER...
FARE DELLA FELICITÀ
UN'ABITUDINE

I tuoi appunti, riflessioni, attività...

52 MODI PER...
FARE DELLA FELICITÀ
UN'ABITUDINE

I tuoi appunti, riflessioni, attività...

52 MODI PER...
FARE DELLA FELICITÀ
UN'ABITUDINE

I tuoi appunti, riflessioni, attività...

52 MODI PER... FARE DELLA FELICITÀ UN'ABITUDINE

I tuoi appunti, riflessioni, attività...

52 MODI PER...
FARE DELLA FELICITÀ
UN'ABITUDINE

I tuoi appunti, riflessioni, attività...

52 MODI PER...
FARE DELLA FELICITÀ
UN'ABITUDINE

I tuoi appunti, riflessioni, attività...

52 MODI PER...
FARE DELLA FELICITÀ
UN'ABITUDINE

I tuoi appunti, riflessioni, attività...

52 MODI PER... FARE DELLA FELICITÀ UN'ABITUDINE

I tuoi appunti, riflessioni, attività...